EL OMBLIGO DE
HERBERT

Valérie D'Heur y Alexandra Kervyn

Uranito

Argentina • Chile • Colombia • España
Estados Unidos • México • Perú • Uruguay • Venezuela

Herbert estaba jugando en su habitación.

Muchas veces mamá decía «¡qué bonito es mi niño!»

Por eso, Herbert decidió mirarse a ver si era cierto.

Comenzó por las manos...

Pues sí, tenía unas manos muy bonitas,
y unas piernas muy fuertes,
con las que pedaleaba muy rápido en su triciclo.

Sí, Herbert estaba de lo más
contento con su cuerpo.
Podía correr, bailar...
¡Incluso subirse a un taburete para
alcanzar el tarro de caramelos!

Pero cuando se miró la barriga, vio algo raro.
¿Qué era eso que había ahí, justo en medio?
Herbert se asustó. ¿¡Un agujero!?

Nunca había visto una cosa así.

¿De dónde había salido?

¿Y qué iba a hacer Herbert con un agujero en la barriga?

¿Tenía que sonárselo con un pañuelo, como la nariz?

Pues no, no salían mocos,
ni tampoco pis ni caca.
Entonces, ¿para qué servía ese extraño agujero?
Herbert comenzó a preocuparse.

En el baño volvió a mirar bien.

Incluso metió un dedo dentro.

Parecía que el agujero estaba cerrado.

Entonces debía de ser una herida cicatrizada.

Pero una herida tan grande
tenía que haberle dolido muchísimo, ¿no?
Tenía que haberlo notado, ¿no?
Ayer mismo había estado llorando media hora
porque se había hecho daño en la rodilla.
Y ni siquiera había sangrado.
No, pensó Herbert, aquel agujerito
que tenía en la barriga no era
ninguna herida.

¿Cómo es que nadie le había dicho nada sobre esto?
Mamá y papá le miraban mucho cada día. A veces decían,
por ejemplo: «Herbert, límpiate la boca, que te has manchado».
¿Y no habían visto el agujerito? Qué raro.

¡Oh, no!, pensó Herbert de repente.
¿Y si lo ven los demás niños?
Seguro que lo señalan con el dedo.
¡Y muchos se reirán de mí!

Con lágrimas en los ojos, Herbert corrió a la cocina.

Se lo enseñó a su mamá y le preguntó, asustado:

—¿Qué es esto, mamá? ¿Es peligroso? ¿Estoy enfermo?

Mamá sonrió.

—¡Qué cosas tiene mi niño! No hay nada de qué asustarse.

—Te voy a contar de dónde viene ese agujerito que tienes en la barriga.
A lo mejor te parece raro, pero cuando estabas dentro de mí.
estabas tranquilo y calentito dentro de una bolsa llena de agua.
Así empiezan todos los bebés. Claro, metido dentro del agua
no podías abrir la boca para comer. Por eso, yo te daba de comer
por el cordón umbilical, que es una especie de tubito que conectaba
tu barriga y la mía. Cuando naciste, ya no te hacía falta
el tubito, porque entonces ya podías comer con la boca.
El cordón lo cortaron y en su lugar te quedó para siempre esa marca.
Se llama ombligo y todo el mundo tiene uno.
Papá y yo también.

Herbert se quedó mirando a mamá asombrado
durante un rato.
Tuvo que pensar un momento para entenderlo bien.
Entonces asintió con la cabeza, ya tranquilo.